KB108937

# 올페의 죽음

# 올페의 죽음

G. 벤
•
김주연 옮김

민음사

당신의 것은 그러나 발걸음,
당신은 한계, 시간,
영원을 믿게,
한계, 시간이 너무 크지 않도록 하게.

절반쯤 슬픈 바다의 비애
짙은 장미꽃, 짙은 폐허에서
사물을 영속토록 하라──,
지중해로부터 바다는 흐른다.

──「지중해적」에서

## 차례

# INHALT

**차례**

# INHALT

# 올페의 죽음

## 정시(靜詩)[1]

발전이 주는 낯섦은
현자의 깊이,
아이들과 그 아이들의 아이들은
그를 진정시키지도,
그 속으로 들어가지도 못합니다.

여러 갈래의 방향 설정,
행동,
도착하고 다시 떠나감
이것들이 세상의 표식이지요.
흐릿해 보이는 이 세상의――.
내 창문 앞으로,
――현자가 말합니다――
계곡이 뻗어 있는데,
갖가지 음영들이 그 속에 모여 있고

1) 이 시는 벤의 이른바 정태시(靜態詩) 사상을 가장 잘 반영한 대표적인 작품으로서 운동을 부정하고 전망을 중시한다. 아이들과 그 아이들의 아이들이 〈발전이 주는 낯섦〉을 진정시키지 못한다는 표현은 역사주의에 대한 부정으로서 역사에 있어서의 정(靜)사상, 혹은 전망주의를 나타낸다.

## STATISCHE GEDICHTE

Entwicklungsfremdheit
ist die Tiefe des Weisen,
Kinder und Kindeskinder
beunruhigen ihn nicht,
dringen nicht in ihn ein.

Richtungen vertreten,
Handeln,
Zu-und Abreisen
ist das Zeichen einer Welt,
die nicht klar sieht.
Vor meinem Fenster,
— sagt der Weise —
liegt ein Tal,
darin sammeln sich die Schatten,

두 그루의 포플러 나무가 길 양섶을 깃처럼 감치고 지나갑니다.

당신은 아십니까——저 길이 가는 곳을.

전망주의란 말은
정력학(靜力學)이라는 말의 다른 이름이지요.
수많은 선들을 놓아두고,
덩굴 법칙에 따라
그것들을 계속 추적하는 것
덩굴의 번득거림——.
그리고 또 무리지고, 소리치는 소용돌이가
붉은 새벽 겨울 하늘 속으로 내뿜어져 올라오고 있습니다.

그러고 난 다음엔 가라앉고——.

당신은 아십니까——누구를 위한 것인지를.

zwei Pappeln säumen einen Weg,
du weißt — wohin.

Perspektivismus
ist ein anderes Wort für seine Statik:
Linien anlegen,
sie weiterführen,
sie weiterführen
nach Rankengesetz —,
*Ranken sprühen* —,
auch Schwärme, Krähen,
auswerfen in Winterrot von Frühhimmeln,

dann sinken lassen —,

du weißt — für wen.

## 형식

형식, 형식의 제스처.
스스로 생겨나 우리에게 주어진 것——.
당신은 땅
당신은 그 흙땅을 파야 합니다.

먼 곳에서
그 싹이 움튼다 해도
당신은 그것을 거둬들이지 못하죠,
당신의 얼굴은 이미 바람에 흩날려졌습니다.

잃어버린 자들을 부르게
찬달라스[1] 사람들, 파로스[2] 사람들을——, 그대
태어나지 않은 자들에게
믿음의 한마디 말을 들려주게.

---

1) 섬 이름.
2) 지중해에 있는 섬 이름.

## DIE FORM

Die Form. die Formgebärde.
die sich ergab. die wir uns gaben —.
du bist zwar Erde,
doch du mußt sie graben.

Du wirst nicht ernten.
wenn jene Saat ersteht
in den Entfernten.
dein Bild ist längst verweht.

Riefst den Verlorenen.
Ischandalas, Parias—. du. den
Ungeborenen
ein Wort des Glaubens Zu.

## 삶——아주 낮은 환상

삶——아주 낮은 환상이여!
소년과 노예들을 위한 꿈.
고대부터 당신은,
궤도의 끝에 있는 족속,

여기서 당신은 무엇을 기다리는가?
그저 늘상 도취해 있고,
시간의 변전(變轉) 속
세상에 대해서, 그리고 당신에 대해선가요?

당신 아직 여자와 남자를 찾고 있는가?
당신에게 모두 준비가 되어 있는 것은 아니니까,
믿고 난 다음, 그 다음엔 미끄러져 빠져나오듯,
파멸인가요?

다만 한 가지의 형식은 믿음과 행동뿐,
손으로 가만히 만져진 그것은
그러나 그 다음엔 손을 꼬여냅니다.
그 모습들이 새싹을 숨기고 있는 것입니다.

## LEBEN — NIEDERER WAHN

Leben — niederer Wahn!
Traum für Knaben und Knechte,
doch du von altem Geschlechte,
Rasse am Ende der Bahn,

was erwartest du hier?
immer noch eine Berauschung,
eine Stundenvertauschung
von Welt und dir?

Suchst du noch Frau und Mann?
ward dir nicht alles bereitet,
Glauben und wie es entgleitet
und die Zerstörung dann?

Form nur ist Glaube und Tat,
die erst von Händen berührten,
doch dann den Händen entführten
Statuen bergen die Saat.

## 아네모네

흔들리면서——아네모네,
대지는 차갑습니다. 아무것도 아닙니다.
거기서 그대 머리술이 웅얼거리고 있죠.
믿음의 한마디 말, 빛의 한마디 말.

가진 것이 없는 대지
그는 다만 힘만 있으며,
그대 가벼운 꽃이
말없이 그쪽으로 빨려갑니다.

흔들리면서——아네모네,
그대는 믿음, 빛을 싣고 있네,
언젠가 여름이 그 위대한 꽃 속에서
왕관처럼 도망나온 그 믿음, 그 빛.

# ANEMONE

Erschütterer —: Anemone,
die Erde ist kalt, ist Nichts,
da murmelt deine Krone
ein Wort des Glaubens, des Lichts.

Der Erde ohne Güte,
der nur die Macht gerät,
ward deine leise Blüte
so schweigend hingesät.

Erschütterer —: Anemone,
du trägst den Glauben, das Licht,
den einst der Sommer als Krone
aus großen Blüten flicht.

# 밤의 파도

밤의 파도——, 바다양과 돌고래가
히아신스의 가벼운 짐을 지고 있고,
장미 월계수와 트래버틴[1]이
텅 빈 이스트리아[2] 궁전 둘레에 바람을 일으키네.

밤의 파도——, 두 개의 조개가 올리오면서
물살을 헤치고, 바위로 떠오며
화려한 머리띠며 자줏빛 덩이를 떨구어버린다.
흰 진주는 바다 가운데로 다시 굴러 들어가네.

1) 석회화의 일종.
2) 아드리아 해 북쪽 끝의 반도. 벤의 남방 콤플렉스와 관련이 있다.

# WELLE DER NACHT

Welle der Nacht —, Meerwidder und Delphine
mit Hyacinthos leichtbewegter Last,
die Lorbeerrosen und die Travertine
weh'n um den leeren istrischen Palast,

Welle der Nacht —, zwei Muscheln miterkoren,
die Fluten strömen sie, die Felsen her,
dann Diadem und Purpur mitverloren,
die weiße Perle rollt zurück ins Meer.

## 여름이 끝나던 날

여름이 끝나던 날
그 확연한 변화에 놀란 마음.
타는 듯한 열염(熱焰)은 떠나갔네.
물결도 놀이도 떠나갔네.

풍경들은 훨씬 파리해지고,
시간은 움츠러들고,
아직 물빛이 반사되기는 하지만
그 물은 아득히 멀어지네.

그대는 전쟁을 겪은 것,
병사의 떼, 무리들이 이끄는
돌격, 그리고 패주를
그대는 아직 보이고 있네.

장미꽃과 사수,
화살의 시위와 열염은 멀리 갔네——.
여름의 징후는 가라앉았네, 깃발도 내려오고——
되찾을 수 없음이여.

## TAG, DER DEN SOMMER ENDET

Tag, der den Sommer endet,
Herz, dem das Zeichen fiel:
die Flammen sind versendet,
die Fluten und das Spiel.

Die Bilder werden blasser,
entrücken sich der Zeit,
wohl spiegelt sie noch ein Wasser,
doch auch dies Wasser ist weit.

Du hast eine Schlacht erfahren,
trägst noch ihr Stürmen, ihr Fliehn,
indessen die Schwärme, die Scharen,
die Heere weiter ziehn.

Rosen und Waffenspanner,
Pfeile und Flammen weit —:
die Zeichen sinken, die Banner —:
Unwiederbringlichkeit.

## 한마디의 말

한마디의 말, 한 편의 글——. 부호로부터 올라오는
삶의 인식, 의미의 돌출,
태양은 뜨고, 대기는 침묵하네.
모든 것들이 그 한마디에 몰리듯 굴러가네.

한마디의 말——. 한 개의 빛남, 한 번의 비상, 한
개의 불,
불꽃 한 번 튕기고, 흐르는 한 번의 별빛——.
다시 어둠이 오네, 이 세상과 내 둘레의
텅 빈 공간에 무섭게 내리네.

# EIN WORT

Ein Wort, ein Satz — :aus Chiffern steigen
erkanntes Leben, jäher Sinn,
die Sonne steht, die Sphären schweigen
und alles ballt sich zu ihm hin.

Ein Wort — , ein Glanz, ein Flug, ein Feuer,
ein Flammenwurf, ein Sternenstrich —,
und wieder Dunkel, ungeheuer,
im leeren Raum um Welt und Ich.

## 그것은 별로 무게는 없으나

그것은 고통처럼 무게는 없으나
돌로 된 벽들, 유리로 된 벽들
먹고 자기 위한 공간들——.
대체 그대는 그것들을 가지고 있는가?

모든 것이 끝에 이르는 것은 아니나
바위로 된 그림자, 돌로 된 그림자
문이며 벽들이
그대를 둘러싸고 있기는 한가?

그대 온갖 고통을 생각지 않는가,
마멸되어 가는 모든 힘,
예복과도 같고
밤의 횃불과도 같은 것——,

저녁, 순수한 파괴
정원 의자에서
——숨가쁜 시작(詩作)——
저녁——, 예감

## IST DAS NICHT SCHWERER

Ist das nicht schwerer wie Kummer:
Wände aus Stein, aus Glas,
Räume zu Essen, zu Schlummer —
trägst du denn das?

Ist dann nicht alles zu Ende,
Schatten aus Felsen, aus Stein
schließen die Tore, die Wände,
schließen dich ein?

Denkst du nicht dann allen Leides,
aller zerstörenden Macht,
wie eines Feierkleides,
wie einer Fackelnacht —,

Abende, reine Vernichtung,
wo im Gartengestühl,
— Atemloser Verdichtung —
Abende —, Vorgefühl

고지식함과 아주 갈라서고
따뜻한 그대와도 아주 갈라서면
그대에 몰아치는 새로운
고통이 자라나네,

휴식도 잠도 없는
그치지 않는 고통——
커다란 한 명령에 신경쓰듯
그대는 걱정을 생각지는 않는가?

jeder Scheidung von Treue,
von verbundenstem Du
dich bedrängen und neue
Qualen wachsen dir zu,

Sein ohne Ruhe und Schlummer,
unaufhebbare Not —:
denkst du nicht doch dann der Kummer
wie an ein großes Gebot?

## 더 고독했던 때는 없네

8월처럼 고독했던 때는 없네
성숙의 계절——, 땅에는
붉은, 황금빛의 신열(身熱)
그런데 그대 정원의 즐거움은 어디에 있는가?

맑은 호수, 부드러운 하늘,
깨끗한 밭들은 조용히 빛나는데
그대 군림하는 왕국의 개선(凱旋)은,
그리고 그 개선의 자국은 어디에 있는가?

모든 것이 행복을 통해 드러나는 곳,
술 냄새 속, 물건 소리 속에
시선을 나누고, 반지를 나누는 곳에서
그대는 행복의 적인 정신에 몸두고 있네.

## EINSAMER NIE

Einsamer nie als im August:
Erfüllungsstunde—, im Gelände
die roten und die goldenen Brände,
doch wo ist deiner Gärten Lust?

Die Seen hell, die Himmel weich,
die Äcker rein und glänzen leise,
doch wo sind Sieg und Siegsbeweise
aus dem von dir vertretenen Reich?

Wo alles sich durch Glück beweist
und tauscht den Blick und tauscht die Ringe
im Weingeruch, im Rausch der Dinge—:
dienst du dem Gegenglück, dem Geist.

## 외로운 사람은

외로운 사람은, 또한 신비롭다.
그는 언제나 물기에 찬 모습,
그 모습이 지닌 생식, 유아(幼芽)
그림자까지도 열기가 이글거린다.

그는 어떤 겹겹의 층이든 품고 있고
생각하며 성숙하고 도사린다.
그는 결연히 포기하며
자라나고 짝을 찾는 인간적인 것에 강하다.

대지가 다른 것으로 바뀌는 것을
감동 없이 그는 바라본다.
더 죽을 것도, 더 이루어질 것도 없이
근사한 모습의 완성이 그를 지켜볼 뿐이다.

## WER ALLEIN IST

Wer allein ist, auch im Geheimnis,
immer steht er in der Buder Flut.
ihrer Zeugung, ihrer Keimnis.
selbst die Schatten tragen ihre Glut.

Trächtig ist er jeder Schichtung
denkerisch erfüllt und aufgespart,
mächtig ist der Vernichtung
allem Menschlichen, das nährt und paart.

Ohne Rührung sieht er, wie die Erde
eine andere ward, als ihm begann,
nicht mehr Stirb und nicht mehr Werden
formstill sieht ihn die Vollendung an.

## 그대는 찾는가

그대 옛 부호를 찾는가.
산과 계곡의 태고,
형세의 변전,
인간 고통의 노출을,

의미의 무리들,
끈질긴 휴식의
시작과 끝을
조용함에서부터 돌려내네,

아, 절망한 자의 작품에서나
그대는 부호가 불타듯 살아 있는 것을 보네.
파리하고 차가운 얼굴
그리고 아득한 얼굴, 〈끝남〉이 그것.

## SUCHST DU

Suchst du die Zeichen des Alten
Ur-Alten vor Berg und Tal,
Wandel der Gestalten.
Anbruch menschlicher Qual,

wendend die Züge des Sinnes.
ausgelittener Ruh'
Endes wie Beginnes
dem Unstillbaren zu,

ach, nur im Werk der Vernichter
siehst du die Zeichen entfacht:
kühle blasse Gesichter
und das tiefe: Vollbracht.

## 사랑

사랑——별들이
입맞춤을 지켜보네.
바다가 속삭이네——먼 곳의 에로스.
밤이 속삭이네.
말을 잃기 전에
침대에 오르고 난간에 기대고,
바다의 여신은
언제나 조개로부터 솟아나네.

사랑——, 침을 삼키는 순간
절박한 영원에의 욕망이
별 상처 없이 몇 달쯤
녹아내리고
올라선다——황홀한 신앙이여——!
노아의 방주와 아라라트 산이
한없이
물에 탈취당한다.

사랑——, 당신은 당신이 듣던

## LIEBE

Liebe — halten die Sterne
über den Küssen Wacht,
Meere — Eros der Ferne
rauschen, es rauscht die Nacht,
steigt um Lager, um Lehne,
eh' sich das Wort verlor,
Anadyomene
ewig aus Muscheln vor.

Liebe —, schluchzende Stunden
Dränge der Ewigkeit
löschen ohne viel Wunden
ein paar Monde der Zeit,
landen — schwärmender Glaube —!
Arche und Ararat
sind dem Wasser zu Raube,
das keine Grenzen hat.

Liebe —, du gibst Worte

말을 계속하네.
윤무, ──바람에
쫓겨 날리는 모습 같네.
교환──흔들리는 시간에
돌아가는 정담
상대방의 짜릿한 흥분 사이로
당신은 당신을 주고, 당신을 받네.

weiter, die dir gesagt,

Reigen, — wie sind die Orte

von Verwehtem durchjagt,

Tausch — und die Stunden wandern

und die Flammen wenden sich,

zwischen Schauern von andern

gibst du und nimmst du dich.

## 얼굴들

그대, 화랑에서 얼굴들을 보네.
구부러진 등, 쪼글거리는 입,
불쾌한 감정을 일게 하는 주름살의 늙은이들,
그들은 벌써 시체처럼,

부서질 듯한 털가죽, 그루터기 같은 수염, 치즈 냄새 나는 콧수염,
피가 아래로 흐르는 것 같은 푸젤유(油)의 기름기,
몸을 돌리면, 그루터기를 낚으며 옷에 감추면서
이삭을 튀기고 마주보고 있는 모습.

인생의 황혼, 풍족한 장식,
더러운 것, 남루한 것, 질병의 과다
낮에는 전당포, 밤이면 강물 하류의 갈대로
바뀌어가는 주거의 상승,

그대 화랑에서 얼굴들을 보네,
이 늙은이들이 그들 인생을 위해 지불하듯이,
그대 그것을 그린 사람들의 모습을 보네,
그대 위대한 천재——그 사람을 보네,

## BILDER

Siehst du auf Bildern in den Galerien
verkrümmte Rücken, graue Mäuler, Falten
anstößiger gedunsener Alten,
die schon wie Leichen durch die Dinge zieh'n,

Brüchige Felle, Stoppeln, käsiges Bart,
blutunterflossenes Fett von Fuselräuschen,
gewandt, für Korn zu prellen und zu täuschen,
den Stummel fischend und im Tuch verwahrt;

Ein Lebensabend, reichliches Dekor,
Reichtum an Unflat, Lumpen, Pestilenzen,
ein Hochhinauf wechselnder Residenzen:
im Leihhaus tags und nachts im Abflußrohr,

Siehst du auf Bildern in den Galerien,
wie diese Alten für ihr Leben zahlten,
siehst du die Züge derer, die es malten,
du siehst den großen Genius—, Ihn.

## 오, 주게

오, 그대 입으로 가라.
그대 축제의 전날,
토요일 장미의 시간,
그때엔 아직 희망을 가질 수 있는 것을!

부채는 아직 펴지지 않았고
피리는 아직 속이 비어 있지 않고,
빛은 아직 흘러 내려가지 않고,
욕망은 아직 움직이지 않았네!

오, 주게——나와 세계 부정의
퇴화에 앞선,
흔들리는 기대,
순수한 회귀

사고(思考)와 사건의
분리도 없고, 부정도 없네.
옥스퍼드와 아테네의
본질의 통합,

## O GIB

Ach, hin zu deinem Munde,
du Tag vor Feiertag.
Sonnabendrosenstunde.
da man noch hoffen mag!

Der Fächer noch geschlossen,
das Horn noch nicht geleert,
das Licht noch nicht verflossen,
die Lust noch nicht gewährt!

O gib — Du, vor Entartung
zu Ich und Weltverwehr,
die bebende Erwartung,
der reinen Wiederkehr.

Kein Trennen, kein Verneinen
von Denken und Geschehn:
ein Wesens-Vereinen,
von Oxford und Athen,

공간의 감격은 없고
구제도 없네,
다만 시간만이, 다만 꿈만이——
오, 그대 촛불을 주게.

Kein Hochgefühl von Räumen

und auch Erlösung nicht,

nur Stunden, nur Träumen —

o gib dein Kerzenlicht.

# 아, 먼 나라여

아, 먼 나라여
둥근 자갈 위에서
혹은 갈대 위에서
호소하듯 파상(破傷)한 마음이 울먹이는 곳,
희미한 달빛도
——절반쯤 만월빛, 절반쯤 흰 이삭빛 ——
밤의 양면을
위로하듯 떠올리네——.

아, 먼 나라여
바다의 가물거리는 빛으로
언덕은 따스해 보이네,
가령 증기통이 쉬고 있는 아솔로[1]는 피츠버그로부터
〈두일리오〉[2]를 싣고 돌아오고,
모든 전함, 영국 함선도 반기를 펄럭이며
지브롤터를 지나고 있네.

---

1) 어의불명. 배의 이름으로 짐작됨.
2) 역시 어의불명.

## ACH, DAS FERNE LAND

Ach, das ferne Land,
wo das Herzzerreißende
auf runden Kiesel
oder Schilffläche libellenflüchtig
anmurmelt,
auch der Mond
verschlagenen Lichts
— halb Reif, halb Ährenweiß —
den Doppelgrund der Nacht
so tröstlich anhebt —

ach, das ferne Land,
wo vom Schimmer der See'n
die Hügel warm sind,
zum Beispiel Asolo, wo die Duse ruht,
von Pittsburg sie der 《Duilio》 heim,
alle Kriegsschiffe, auch die englischen,
flaggten halbmast,
als er Gibraltar passierte —

가까운 것에 대해서는 아무 연분 없이
혼자 지껄임,
혼자 느끼는 마음,
때이른 메커니즘,
부드러운 대기 속에 번져 있는
죽은 자의 단상——
웃저고리에 묻은 건포도 빵조각——.
이런 식으로 날이 가고,
마침내는 오랜 비상 끝에
찾아드는 새들의 하늘에
둥지가 생기네.

dort Selbstgespräche
ohne Beziehungen auf Nahes,
Selbstgefühle,
frühe Mechanismen,
Totemfragmente
in die weiche Luft —
etwas Rosinenbrot im Rock —,
so fallen die Tage,
bis der Ast am Himmel steht,
auf dem die Vögel einruhn
nach langem Flug.

## 올페[1]의 죽음

어찌 당신은 나를 뒤에 남겼습니까, 사랑하는 이여——
명부에 부딪히고,
황량한 로도페[2]산
숲에 끌어가고,
두 가지 빛깔의 딸기,
붉은 빛으로 이글거리는 과일——
잎이 나면서,
수금(手琴)을 켜네
그 현에 부딪히는 엄지손가락!

이미 북풍 속에서의 3년!
죽음을 생각한다는 것은 달콤한 일,
그렇게 먼 곳,
맑은 목소리가 들린다.

---

1) 그리스 신화. 아폴로와 킬리오프 사이에 난 아들로 시인이며 음악가. 그가 타는 하프가 하도 오묘하여 금수초목까지도 매혹당했다고 한다. 아내 오이뤼디케가 죽자 황천에 내려와 음악으로 플루토를 감동시켜서 〈뒤돌아보지 않고 가겠다〉고 약속하고 아내를 데려가기로 했으나 마지막 순간에 그 약속을 이루지 못했다는 전설이 있다.
2) 지금의 불가리아 서남쪽에 있는 산맥.

## ORPHEUS TOD

Wie du mich zurückläßt, Liebste —,

von Erebos gestoßen,

dem unwittlichen Rhodope

Wald herziehend,

zweifarbige Beeren,

rotglühendes Obst —

Belaubung schaffend,

die Leier schlagend

den Daumen an der Saite!

Drei Jahre schon im Nordsturm

An Totes zu denken, ist süß,

so Entfernte,

man hört die Stimme reiner,

덧없는, 그러나 깊은
입맞춤이 느껴진다——,
그대 결국 그림자에서 방황함이여!

어찌 당신은 나를 뒤에 남겼습니까——,
바다의 요정이 물결치고,
아름다운 바위가 눈짓하며,
꾸꾸 울리는 소리, 〈황량한 숲에는
목양신과 협곡, 그리고 당신.
가수와 청동빛의
아취, 제비들 나는 하늘——,
울리는 소리——
잊으라!——〉

——겁을 주라——!

그리고 한 사람이 기이하게 바라본다.
몸집이 크고, 얼룩진
살갗의 색깔이 얼룩덜룩한 사람 (〈노란 양귀비〉)

fühlt die Küsse,

die flüchtigen und die tiefen —

doch du irrend bei den Schatten!

Wie du mich zurückläßt —

anstürmen die Flußnymphen,

anwinken die Felsenschönen,

gurren: 《im öden Wald

nur Faune und Schratte, doch du,

Sänger, Aufwölber

von Bronzelicht, Schwalbenhimmeln —,

fort die Töne —

Vergessen — !》

— drohen — !

Und Eine starrt so seltsam.

Und eine Große, Gefleckte,

bunthäutig ("gelber Mohn")

겸손하게, 아주 순진한 모습으로

거리낌없이 유혹하고 있네——(사랑의 잔 속에 들어 있는 자줏빛——!) 헛되도다.

겁을 주라——!

아니다. 그대 결코 훼방할 수 없네,

욜리,[3] 드리오페,[4] 프로크네[5]에게로

그대는 넘어가지 못하리,

그 모습들은 애틀랜타와 섞여 있지 않고 라이스[6]의 집에서

나는 혹시 오이뤼디케[7]를 더듬을지도 몰라——.

---

3) 그리스 신화에 나오는 신.

4) 그리스 신화에 나오는 신.

5) 그리스 신화에 나오는 신.

6) 아름답기로 이름났던 그리스의 창녀.

7) 그리스 신화에 나오는 올페의 아내. 올페는 음악의 힘으로 지하계에서 아내를 구출하지만 플루토와의 약속을 어기고, 아내가 따라오는가 확인하기 위해 뒤돌아보았기 때문에 그녀는 다시 지하계의 어둠 속으로 사라져 버렸다.

lockt unter Demut, Keuschheitsandeutungen
bei hemmungloser Lust — (Purpur
im Kelche der Liebe — !) vergeblich!

drohen — !

Nein; du sollst nicht verrinnen,
du sollst nicht übergehn
in Jole, Dryope, Prokne,
die Züge nicht vermischen mit Atalanta,
daß ich womöglich Eurydike
stammle bei Lais —

그래도 겁을 주라!

이제 그 이마는
더 이상 소리를 쫓지 않는다.
가수에겐
이끼가 덮이면서
나뭇가지들은 잎을 잠재우고
갈퀴로는 이삭을 갈고——
벌거벗은 하우네여——.

이젠 아무 방어 없이 암캐에 내던져진,
그 쓸쓸한 죽음——

이제 속눈썹은 벌써 축축해졌고,
턱주가리에는 피가 맺혔다——

현금(絃琴)은 지금
바다를 떠내려가네——

해안이 소리를 울리고 있다——.

doch: drohen — !

und nun die Steine
nicht mehr der Stimme folgend,
dem Sänger,
mit Moos sich hüllend,
die Äste laubbeschwichtigt,
die Hacken ährenbesänftigt —:
nackte Haune — !

nun wehrlos dem Wurf der Hündinnen,
der wüsten —

nun schon die Wimper naß,
der Gaumen blutet —,

und nun die Leier
hinab den Fluß —

die Ufer tönen —

## 동반자

그대 스스로 길을 잃었네.
강한 힘이 몰아치면서
갱의 미로 속으로
떨어져 버렸네.

엇갈리는 감정,
어쭙잖은 불꽃,
그대 만져보지만 벽들은
낯설고 차가웁네.

그 어느 때보다 고즈넉한 복도,
마지막 해, 확실한 해
동반자들을
그대는 떠나보내는군,

누구를 위함이며, 어떤 힘을 위함인가?
그대 눈에는 어떤 해안도 보이지 않네.
그곳에서 불지른 고통만이
그대의 것이네.

## DIE GEFÄHRTEN

Bis du dich selbst vergißt,
so treiben es die Mächte,
im Labyrinth der Schächte
verwandelt bist.

Ein wechselndes Gefühl,
spärliche Fackelbrände,
du tastest und die Wände
sind fremd und kühl.

Einsamer Gang wie nie,
die letzten, die Bewährten
der Jahre, die Gefährten
du ließest sie,

Für wen und welche Macht?
Du siehst der Ufer keines
und nur das Leid ist deines,
das sie entfacht,

그들이 말하려고 하는 것을
그대는 아마 세월이 지난 후에야 알겠지.
그것도 그대가 체험하지는 못한 채,
동반자에게만 조용히 있을 것이리.

Und was sie sagen will,

fühlst du vielleicht nach Jahren,

doch eh' du es erfahren,

ist der Gefährte still.

# 그 다음엔

젊음이 비치며
영광과 눈물이 그 앞에 묻어 있는 얼굴이
처음으로 나이에 눈뜨면서
살아가면서 어릴 적 신비를 잃어버릴 때.

활은 화살을 날려 과녁을 잘 맞추던 시질이 있었고
갈대는 푸른 밭 속에서 보랏빛 날개를 퍼덕이었네,
심벌즈[1]도 여러 가지 노래를 불렀지.
〈불타는 껍질〉──〈회색빛 초원〉──.

연륜의 첫 해는 이미 다음해에 묶여지고,
아, 이마엔 벌써 초병이 망을 보네.
고독한, 최후의 순간──,
그 사랑스럽던 얼굴은 모두 그 다음엔 밤에 잠긴다.

---

1) 놋쇠 또는 청동으로 만든 타악기.

## DANN

Wenn ein Gesicht, das man als junges kannte
und dem man Glanz und Tränen fortgeküßt,
sich in den ersten Zug des Alters wandte.
den frühen Zauber ledend eingebüßt.

Der Bogen einst, dem jeder Pfeil gelungen,
purpurgefiedert lag das Rohr im Blau,
die Cymbel auch, die jedes Lied gesungen:
“Funkelnde Schale”, —“Wiesen im Dämmergrau”—,

Dem ersten Zug der zweite schon im Bunde,
ach, an der Stirne hält sie schon die Wacht,
die einsame, die letzte Stunde—,
das ganze liebe Antlitz dann in Nacht.

## 아, 고상한 것이여

특징지어진 것만이 이야기되고
혼합된 것은 묵묵히 남으리.
모든 사람을 위한 가르침은 아니고,
아무도 이 때문에 비난받지 않으리.

아, 엄하지 않고 고상한 것이여,
베일에 수없이 가리워졌으나, 깊은 화해가 이루어져
있고
양적 다수에 전연 체험이 없는 것은
구름에서 울려나오기 때문이리.

그에 봉사하는 자만이 또한 의무도 가지네.
그것은 존재에 대한 의무만이 아니네.
스스로 실행하는 자, 스스로 층을 만드는 자만이
높은 산꼭대기로 올라 걸어가리.

그것을 가진 자만이 또한 부름을 받고
그것을 느끼는 자만이, 또한 인정되네――
거기 꿈이 있고, 거기 층계가 있고
거기 그것을 택하는 신이 있네.

## ACH DAS ERHABENE

Nur der Gezeichnete wird reden
und das Vermischte bleibe stumm.
es ist die Lehre nicht für jeden,
doch keiner sei verworfen drum,

Ach, das Erhab'ne ohne Strenge,
so viel umschleiernd, tief versöhnt,
ganz unerfahrbar für die Menge,
da es aus einer Wolke tönt.

Nur wer ihm dient, ist auch verpflichter,
es selbst verpflichtet nicht zum Sein,
nur wer sich führt, nur wer sich schichtet,
tritt in das Joch der Höhe ein.

Nur wer es trägt, ist auch berufen,
nur wer es fühlt, ist auch bestimmt —:
da ist der Traum, da sind Stufen
und da die Gottheit, die es nimmt.

## 한해가 저물며

해가 저물며, 깊은 침묵 속에서
완전히 제 스스로에 속한 자에게
조망은 밑으로 내려갈 것이다.
새로운 조망이, 파괴되지 않은 채——

아무도 당신의 운명을 짐질 수 없고,
아무도 그것이 잘 되어갈 것인지, 어떤지를 묻지 않는다——.
상처의 가장자리 장미의 둘레——,
늦여름의 폭넓은 조망.

그대를 흩날리고 그대를 묶네.
그대를 감싸주고 그대를 발가벗기네——,
장미의 둘레, 상처의 가장자리——,
스스로 풀어져 나가는 마지막 조망.

## SPÄT IM JAHRE

Spät im Jahre, tief im Schweigen
dem, der ganz sich selbst gehört,
werden Blicke niedersteigen,
neue Blicke, unzerstört.

Keiner trug an deinen Losen,
keiner frug, ob es gerät —,
Saum von Wunden, Saum von Rosen —,
weite Blicke, sommerspät.

Dich verstreut und dich gebunden,
dich verhüllt und dich entblößt —,
Saum von Rosen, Saum von Wunden —,
letzte Blicke, selbsterlöst.

## 지중해적

아, 다도해에서는,
오렌지 향기 속에
폐허도 버젓이 놓여 있네,
눈물도 저주도 없이,

음울한 북양엔
안개와 니플하임[1]이 흐르고
고대 문자와 미끼새의 속삭임은
지중해다운 하나의 운(韻).

마침내 무변(無邊)의 바다에
진실과 환상이 한번 스치네.
장미꽃 재 속에서처럼
조약돌이 졸고 있네, 거인이 잠자네.

---

1) 북유럽 신화에 나오는 말로서 북방의 춥고 어두운 땅, 안개 짙은 최하계. 벤은 북양을 춥고 거친 땅, 이에 비해 지중해를 꿈과 영생의 땅으로 곧잘 대비한다. 그것은 더 나아가서 지중해를 인간의 원향, 사물의 본질로 추구하는 사상과 연결된다. 이른바 벤의 남방 콤플렉스가 그것이다.

## MITTELMEERISCH

Ach, aus den Archipelagen,
da im Orangengeruch
selbst die Trümmer sich tragen
ohne Tränen und Fluch,

strömt in des Nordens Düster,
Nebel-und Niflheim,
Runen und Lurengeflüster
mittelmeerisch ein Reim:

Schließlich im Grenzenlosen
eint sich Wahrheit und Wahn,
wie in der Asche der Rosen
schlummert der Kiesel, Titan,

당신의 것은 그러나 발걸음,
당신은 한계, 시간,
영원을 믿게,
한계, 시간이 너무 크지 않도록 하게.

절반쯤 슬픈 바다의 비애
짙은 장미꽃, 짙은 폐허에서
사물을 영속토록 하라——,
지중해로부터 바다는 흐른다.

dein aber ist das Schreiten,
dein die Grenze, die Zeit,
*glaube* den Ewigkeiten,
*ford're sie nicht zu weit,*

aus ihrer halben Trauer,
rosen-und trümmerschwer,
schaffe den Dingen Dauer —,
strömt es vom Mittelmeer.

## 앙리 마티스 「수선화」

꽃다발——잎이 없네.
항아리——단지가 펴진 것 같네,
——수선화,
프로세르피나[1] 여신에게 바침——.

1) 로마 신화에 나오는 황천의 여신.

## HENRI MATISSE 《ASPHODE-LES》

"Sträuße — doch die Blätter fehlen,

Krüge — doch wie Urnen breit,

— Asphodelen,

der Proserpina geweiht —."

## 정원과 밤

정원과 밤이
이슬과 오랜 만조에 취해 있네,
아, 형해(形骸)도 없는 피에
다시 잠기고
냇물과 초원에서 한번 내뿜는
숨길, 아무 모습도 없는 것이
열을 뿜고
휘영청 마지막 달의 아픔을 쫓아내네.

아, 장미꽃, 뒤에서
거친 들판이, 세계가 침몰한다.
그것을 복수자에게 주라, 기사에게 주라,
그것을 영웅에게 주라,
그것을 지그프리트[1]에게 주라, 하겐[2]에게 주라,
생각해 보라, 한 송이 보리수 꽃이
마왕의 정기를 꺾어버리고
부상을 입힌 것을.

---

1) 독일 설화 「니벨룽겐의 노래」에 나오는 남주인공 이름.
2) 「니벨룽겐의 노래」에 나오는 용감한 투사의 이름.

# GÄRTEN UND NÄCHTE

Gärten und Nächte, trunken
von Tau und alter Flut,
ach, wieder eingesunken
dem bilderlosen Blut,
aus Wassern und aus Weiden
ein Atem, glutbewohnt,
verdrängt das Nichts, das Leiden
vom letzten, leeren Mond.

Ach, hinter Rosenblättern
versinken die Wüsten, die Welt,
laß sie den Rächern, den Rettern,
laß sie dem Held,
laß sie dem Siegfried, dem Hagen,
denke: ein Lindenblatt
das Drachenblut geschlagen
und die Wunde gegeben hat.

밤이면 시커먼 피니엔[3] 소나무에서
높은 천공의 혹성에서
깊은, 육감적인
플록스[4]꽃과 글리지니엔[5] 꽃에서
여신 호라[6]들이 엉덩이를 흔들며 모여드네.
꽃송이들은 잎을 잡아끌면서
헤라클레스[7]의 사자 같은 피부를
얇은 천으로 덮어 씌운다.

그들, 그들 둘
냇물과 초원
그들의 축축한 원시의 얼굴
그대는 외경을 느끼지 않네—,
인간으로서는 말할 아무것도 없고

3) 남유럽산 소나무로서 나무 꼭대기가 우산 모양으로 생겼다.
4) 꽃 이름.
5) 꽃 이름.
6) 그리스 신화에서 계절, 때의 운행을 나타내는 여신. 실러가 이 이름으로 잡지를 발행한 일도 있다.
7) 그리스 신화 중 제우스와 알키멘 사이의 아들. 천하 장사.

Nacht von der Schwärze der Pinien,
hoch von Planeten porös,
tief von Phlox und Glyzinien
libidinös,
hüftig schwärmen die Horen,
raffen die Blüte, das Kraut
und verschütten mit Floren
Herkules' Löwenhaut.

Sinkend an sie, an beide,
ihr feuchtes Urgesicht,
ein Wasser und eine Weide,
du schauerst nicht —,
mit Menschen nichts zu sagen

집이며 행동도 공허한 것,
정원과 밤은 그대에게
한 태고상을 실어 가져다준다.

und Haus und Handeln leer,

doch Gärten und Nächte tragen

ein altes Bild dir her.

## 이별

그대 나를 갓 터진 상처에 흘러내려
시커먼 자국에 닿는 피처럼 느끼네.
그대 풀밭이 땅거미 빛으로 변해 가는
그 시간의 밤처럼 퍼져가네.
그대 장미처럼 정원 곳곳에서 진하게 피어오르고,
그대, 연륜과 상실로 이루어진 고독,
꿈이 몰락할 때
너무 고통받고, 너무 알고 있었던 그대 생존이여.

현실의 망념에서 일찍이 벗어나
거부하면서 재빨리 이루어진 세계.
속 깊은 자아와 어울릴 수 없는
사소한 속사(俗事)의 기만에 지쳤네.
이제는 깊은 곳 자체, 아무것도 아닌 것을 통해서 만지고,
한마디의 말도 신호도 보이지 않네.
그대 침묵할 수밖에 없고,
밤과 슬픔, 그리고 늦장미에게로 뒷걸음쳐야 하겠네.
이따금 그대 생각하는가——. 그 자신의 전설.

## ABSCHIED

Du füllst mich an wie Blut die frische Wunde

und rinnst hernieder seine dunkle Spur.

Du dehnst dich aus wie Nacht in jener Stunde,

da sich die Matte färbt zur Schattenflur,

Du blühst wie Rosen schwer in Gärten allen

Du Einsamkeit aus Alter und Verlust,

Du Überleben, wenn die Träume fallen,

zuviel gelitten und zuviel gewußt.

Entfremdet früh dem Wahn der

Wirklichkeiten,

versagend sich der schnell gegebenen Welt,

Ermüdet von dem Trug der Einzelheiten,

da keine sich dem tiefen ich gesellt:

nun aus der Tiefe selbst, durch nichts zu rühren,

und die kein Wort und Zeichen je verrät.

mußt du dein Schweigen nehmen, Abwärts führen

zu Nacht und Trauer und den Rosen spät

Manchmal noch denkst du dich —: die eigene Sage:

그것이 정말 그대였나——? 아, 어찌 그대 정신을 잃었나!
그것이 그대 모습인가? 그것은 당신이 품었던
당신의 질문, 당신의 말, 당신의 신의 빛이 아니었는가?
언젠가 가진 적이 있는 나의 말, 내 신의 빛,
나의 말, 내 신의 빛이 마멸되었네. 썩어버렸네——.
아주 잊혀져 이제는 더 옛날을 건드리지 않는 자에게
그 일이 일어났던 것일세.

마지막 날——. 때늦은 열기, 넓은 공간,
한 방울의 물이 그대의 목적을 뒤엉클어 놓고
밝은 불빛이 고목들을 역류시키네.
불빛은 그림자 속에 한 개 반대꼴을 그려놓지만
거기 매달린 과일들은 그대로이며, 이삭엔 아무런 열매가 없네.
추수를 거둔 뒤에도 그는 묻지 않았지.
그는 제 놀이를 하고, 제 빛을 느끼며
추억하는 일도 없이 가라앉네—— 모든 말은 끝났네.

das warst du doch —? ach, wie du dich vergaßt!
war das dein Bild? war das nicht deine Frage,
dein Wort, dein Himmelslicht, das du besaßt?
Mein Wort, mein Himmelslicht, dereinst besessen,
mein Wort, mein Himmelslicht, zerstört, vertan —,
wem das geschah, der muß sich wohl vergessen
und rührt nicht mehr die alten Stunden an.

Ein letzter Tag —: spätglühend, weite Räume,
an Wasser führt dich zu entrücktem Ziel,
an hohes Licht umströmt die alten Bäume
und schafft im Schatten sich ein Widerspiel,
von Früchten nichts, aus Ähren keine Krone
und auch nach Ernten hat er nicht gefragt —,
er spielt sein Spiel, und fühlt sein Licht und ohne
Erinnern nieder — alles ist gesagt.

## 9월[1)]

1

그대, 플록스 꽃을 들고서 울타리 너머 몸을 굽히네.
(빗물에 갈라져,
심한 냄새가 이따금 나지)
그루터기로 뻗으며
노인들에 가기 좋아하네.
발자민 향료는
즐거움과 슬픔을 함께 마시며
들판의 냄새를 거둬들이네——.

담은 쌓여가면서
눈발치는 겨울을 앞둔 지붕이 되네.
석회 흘러내리는 인부
한 사람, 「아, 헛일이네」 소리치면서
그저 망설이고만 있고——

---

1) 이 시는 한여름의 뜨거움이 식어가면서 조락의 계절이 시작하는 변화의 공간을 상징적으로 추구한 작품이다.

## SEPTEMBER

### 1

Du, über den Zaun gebeugt mit Phlox
(vom Regenguß zerspalten,
seltsamen Wildgeruchs),
der gern auf Stoppeln geht,
zu alten Leuten tritt,
die Balsaminen pflücken,
Rauch auf Feldern
mit Lust und Trauer atmet —

aufsteigenden Gemauers,
das noch sein Dach vor Schnee und Winter will,
kalklöschenden Gesellen
ein: 《ach, vergebens》 zuzurufen,
nur zögernd sich verhält —

높이 쌓여지지 않은 채 서두르고만 있고,
벌거벗은 호박도 더럽게 신발에 채이네.
살찐, 얼굴 없는 난쟁이 채소——.

평원에서 생긴 것
그믐달이 되어버린 모든 불꽃이
벌써 암울해진 얼굴의
과육과 열기의 팽창으로부터
조락(凋落)하고 있네.
바보인가 세자(洗者)[2]인가
여름의 바보, 흉내쟁이, 추도사인가
혹은 빙하의 전주곡인가
어쨌든 호두 깨는 연장,
갈대를 베는 기계,
뻔한 일에 골몰하는 자——.

그대 앞에 있을 눈[雪]
완전 침묵의

2) 영세자에게 성세(聖洗)를 주는 사람.

gedrungen eher als hochgebaut,
auch unflätigen Kürbis nackt am Schuh,
fett und gesichtslos, dies Krötengewächs —

Ebenen-entstiegener,
Endmond aller Flammen,
aus Frucht-und Fieberschwellungen
abfallend, schon verdunkelten Gesichts —

Narr oder Täufer,
des Sommers Narr, Nachplapperer, Nachruf
oder der Gletscher Vorlied.
jedenfalls Nußknacker,
Schilfmäher,
Beschäftigter mit Binsenwahrheiten —

vor Dir der Schnee,
Hochschweigen, unfruchtbar

광활한 불임의 공간.
거기 그대 팔이 뻗치네.
울타리 너머로 허리를 굽히네.
잡초와 벌레의 무리,
살려고 바둥거리는 것들,
거미와 들쥐들——.

2

그대 초가을의
마가목에 달린,
그루터기의 그물,
흰 나비가 숨쉬며,
수많은 바늘이 달린다.
쿡쿡 시계가 친다.
저녁예배의 종소리와 어울려 시끄럽다.
황금의 시간이 확실함을 알리는
종소리가 울린다.

die Unbesambarkeit der Weite:
da langt dein Arm hin,
doch über den Zaun gebeugt
die Kraut- und Käferdränge,
das Lebenwollende,
Spinnen und Feldmäuse—

2

Du, ebereschenverhangen
von Frühhersbt,
Stoppelgespinst,
Kohlweißlinge im Atem,
laß viele Zeiger laufen,
Kuckucksuhren Schlagen,
lärme mit Vespergeläut,
gonge
die Stunde, die so golden feststeht.

갈색 빛깔로 퍼져나가면서
가슴을 저리게 하네!

그대, 달라진 것이여!
신들만이
혹은 옷들만이 그렇듯 조용하다.
오랫동안에 이루어진
불굴의 거인들,
나비와 꽃들이
가을 통로에
그렇듯 깊은 무늬를 새긴다!

혹은 때이른 졸음,
아무도 깨어 있지 않았을 때
금빛 벌레와 보랏빛 과일만이
제비에 갉아먹히네 영원히.
거기서부터는 한 번도 꼼짝 않는 제비들—,

종이 친다. 울린다.

So bestimmt dahinbräunt,
in ein zitternd Herz!

Du —: Anderes!
so ruhn nur Götter
oder Gewänder
unstürzbarer Titanen
langgeschaffener,
so tief eingestickt
Falter und Blumen
in die Bahnen!

Oder ein Schlummer früher Art
als kein Erwachen war,
nur goldene Wärme und Purpurbeeren,
benagt von Schwalben ewigen,
die nie von dannen ziehn —,

Dies schlage, gonge,

이 시간

또한

그대 침묵하면

옷의 단들은 아래로 몰려오고

포플러가 우거지고 벌써 서늘해진다.

diese Stunde,

denn

wenn du schweigst,

drängen die Säume herab

Pappelbestanden und schon Kühler.

## 높이 317을 기념하여

낯모르는 사람들이 밤을 새우는
산 위에서,
관이나 밀짚 단 위에서가 아닌
전투의 희생자들——.
시간의 흐름을
당신은 귀로 느낄 수 없으리——,
거미 한 마리가 문 앞에
거미줄을 치고 있다.

일종의 삶이 실려 있는
산 위에서
원천이 얼마나 가까웁고
시간이 어떻게 흐르는가 하는 것이
전율할 만하다는 것을
당신은 귀로 느낄 수 없으리.
산에서부터 달리며,
하나의 얇은 재의 천(布)이 쳐진다.

아, 산이여

## IN MEMORIAM HÖHE 317

Auf den Bergen, wo
Unbekannte nachten
nicht auf Sarg und Stroh
Opfer aus den Schlachten —:
wie die Stunde rinnt.
spürst du's nicht im Ohr —,
eine Spinne spinnt
Netze vor das Tor.

Auf den Bergen, die
Art von Leben tragen,
daß man schauert, wie
nah die Quellen lagen,
wie die Stunde rinnt,
spürst du's nicht im Ohr,
von den Bergen rinnt,
spinnt ein Aschenflor

Ach, dem Berge, den

과일과 여름을 화환으로 장식함이여,
번쩍이지 않는 것들은 모두
눈에 띄지 않네,
시간의 흐름을
당신은 귀로 느낄 수 없으리.
바람 부는 산은
한 그림자의 꿀꺽임이 합창을 이루는 것.

Frucht und Sommer kränzt,

ist nicht anzusehn

all das Ungeglänzt,

wie die Stunde rinnt,

spürst du's nicht im Ohr.

wie vom Berg im Wind

schluchzt ein Schattenchor.

## 여름

그대——이글거리는 날 앞에서
결코 흩날리지 않는 그 녹색으로
불꽃을 그대에게 스치지 않게 하네. 질문을 스치지 않게 하네.
자기와 공간에서 일어나는 일의 이중 모습,

그대——하나의 운(韻), 하나의 빛만을 항상 노래하는
영겁의 창조의 노래,
〈아, 그대 덧없음이여—— 그 자신의 경우에——〉
〈아, 그대 밝게 비춤이여—— 그 자신의 없음에 의해——〉

낮은 계급, 박칼라우[1]에서
인간성이 시험되고, 길이 약속되면
이 녹색 앞에서 반인반마[2]의 이중성으로부터
무거운 하늘의 존재는 그대를 스치지 않을 것인가?

---

1) 프랑스, 영국 등의 대학에서 시행되는 가장 낮은 수준의 학위.
2) 그리스 신화에 나오는 괴물.

## SOMMERS

Du — vor dem Sein der hocherglühten Tage
mit ihren Blau von Nie-und Nieverwehn
streift dich nicht eine Flamme, eine Frage,
Ein Doppelbild aus Ich und Raumgeschehn,

Du — der von Äon's Schöpfungsliedern allen
immer nur eines Reims gewußt und eines Lichts:
《Ach, du Hinfälliger — in eigene Fallen —》
《Ach, du Erleuchteter — vom eigenen Nichts —》

So niederen Rangs, kaum bei den Bakkalauren
wenn sich die Menschheit prüft und tief bespricht:
vor diesem Blau vom Doppel der Zentauren
streift dich das schwere Sein der Himmel nicht?

## 모든 무덤들

산 위에, 바닷가에 있는
모든 무덤들, 그 언덕들,
나는 그것들을 파고, 둑 위에서
열려진 땅을 바라보았다.

머리카락 속에 해초와 조개로서
가졌었고, 또 가지는 그 땅,
어찌해서 대관절 바다는 땅에 닿아 있는가,
물었었고, 또 물어보는——,

내 그 속에 있었고, 또 있는
모든 무덤들, 그 언덕들,
이제는 아주 흰 날개들이
이따금 그 위를 스쳐가네,

화환을 쳐들 줄 모르는 그 새,
내가 밀어 내놓은
장미에게 빛을 일깨우지도 못하네,
한 변화를 새는 암시하고 있지.

## ALLE DIE GRÄBER

Alle die Gräber, die Hügel
auf Bergen und an See'n,
die ich grub und von deren Wällen
ich die offene Erde gesehn,

die ich trug und weiter trage
als Tang und Muscheln im Haar,
die ich frug und weiter frage,
wie das Meer am Grunde denn war —,

Alle die Gräber, die Hügel,
in denen ich war und bin,
jetzt streift ein weißer Flügel
manchmal über sie hin,

der kann die Kränze nicht heben,
nicht wecken der Rosen Schein,
die ich hinabgegeben,
doch ein Wandelndes deutet er ein.

## 나를 잃었네

나[自我]를 잃었네, 성층권에 터지고
이온의 희생물이네——, 감마선에 걸린 어린 양——.
부분과 전체—— 노트르담 사원
그대, 회색빛 돌담 위의 무한 환상.

그대에겐 밤도 아침도 없이 날들이 지나가며
눈도 내리지 않고 열매도 맺지 않은 채 해[年]가 지나면서
사뭇 당당하게 영생을 숨기고 있네——
이 세상을 도주로 여긴다.

어디서 그대 끝나며, 어디서 그대 머무르며, 어디서 그대
몸을 펴는가——상실, 획득——.
야수의 놀음 영원,
그 창살로 그대 달아나네.

야수의 시선. 그 별들이 폐부에 맺히고,
존재와 창조 근본으로서의 처절한 죽음,

## VERLORENES ICH

Verlorenes Ich, Zersprengt von Stratosphären,
Opfer des Ion —: Gamma-Strahlen-Lamm —,
Teilchen und Feld —: Unendlichkeitschimären
auf deinem grauen Stein von Notre-Dame.

Die Tage geh'n dir ohne Nacht und Morgen,
die Jahre halten ohne Schnee und Frucht
bedrohend das Unendliche verborgen —,
die Welt als Flucht.

Wo endest du, wo lagerst du, wo breiten
sich deine Sphären an —, Verlust, Gewinn —:
Ein Spiel von Bestien: Ewigkeiten,
an ihren Gittern fliehst du hin.

Der Bestienblick: die Sterne als Kaldaunen,
der Dschungeltod als Seins-und Schöpfungsgrund.

인간, 민족상쟁, 카탈라운[1] 전쟁도
야수의 아가리로 떨어진다.

이 세계의 생각들은 찢기어졌네, 공간과 시간,
그리고 인류가 쥐어 짜낸 것들
그 기능은 오직 영원에만 의하리—
신화는 거짓말.

어디서 와서, 어디로 가나——, 밤도 아니고 아침도 아니네.
환성도 없고 진혼곡도 없네.
그대 한마디 슬로건 내보일 수 있으나——
누구에게 할 것인가?

아, 모든 것이 하나의 중심으로 기울고,
사상가 또한 신만을 생각했을 시절
목자와 어린 양으로 나누어지고,
성배로부터의 피만이 그들을 깨끗이 씻어주었네,

---

1) 이 전쟁터에서 서양을 동양의 영향으로부터 해방되었다고 본다.

Mensch, Völkerschlachten, Katalaunen
hinab den Bestienschlund.

Die Welt zerdacht. Und Raum Und Zeiten
Und was die Menschheit wob und wog.
Funktion nur von Unendlichkeiten —,
die Mythe log.

Woher, wohin —, nicht Nacht, nicht Morgen,
kein Evoe, kein Requiem,
du möchtest dir ein Stichwort borgen —,
allein bei wem?

Ach, als sich alle einer Mitte neigten
und auch die Denker nur den Gott gedacht,
sie sich den Hirten und dem Lamm verzweigten,
wenn aus dem Kelch das Blut sie rein gemacht,

모든 것은 또한 하나의 상처에서 흘러나온 것,
모든 사람들에게 돌아갈 빵이 주어졌네——,
오 그 아득한 절대절명의 충족했던 시간이여,
잃어버린 나를 한 번 감싸주기도 했던 그 시간이네.

und alle rannen aus der einen Wunde,

brachen das Brot, das jeglicher genoß —,

oh ferne zwingende erfüllte Stunde,

die einst auch das verlor'ne Ich umschloß.

## 작은 아스터 꽃[1)]

익사한 술배달꾼이 테이블 위에 받쳐져 있다.
누군가 그의 이빨 사이에
짙은 자색 아스터 꽃을 끼워넣었군
가슴에서
피부 아래로
긴 메스를 들고
혀와 입을 잘라낼 때
난 그 꽃과 부딪치지 않을 수 없었지
옆으로 누운 그 머리에서 꽃이 미끄러져 내렸으니까
시신을 꿰맬 때
대패밥 사이 가슴 구멍 속으로
그만 나는 그 꽃을 싸넣어버렸다
네 꽃병 속에서 실컷 마시거라!
편안히 쉬거라
작은 아스터 꽃아!

---

1) 이 시는 이른바 벤의 처녀 연작시 『시체 공시장 · 기타』에 나오는 작품으로서, 연작시는 「아름다운 청춘」 등 모두 다섯 편으로 구성되었다.

## KLEINE ASTER

Ein ersoffener Bierfahrer wurde auf dem Tisch gestemmt.
Irgendeiner hatte ihm eine dunkelhellila Aster
Zwischen die Zähn geklemmt
Als ich von der Brust aus
unter der Haut
mit einem langen Messer
Zunge und Gaumen herausschnitt,
muß ich sie angestoßen haben, denn sie glitt
in das nebenliegender Gehirn.
Ich packte sie ihm in die Brusthöhle
Zwischen die Holzwolle,
als man zunähte.
Trinke dich satt in deiner Vase!
Ruhe sanft,
Kleine Aster!

## 아름다운 청춘

갈대밭에 길게 누워 있는 처녀의 입이
무엇엔가 갉아먹힌 듯했다.
가슴을 풀어헤쳐보자 식도에 구멍이 숭숭 나 있었다.
급기야 횡격막 아래 으슥한 곳에서
새끼쥐들의 둥지가 나왔다.
거기 한 작은 암컷이 죽어 나자빠져 있네.
다른 쥐들은 간과 콩팥을 먹고 살며
찬 피를 빨아마시고
여기서 아름다운 청춘을 보냈지
시원스럽게 후닥닥 그들도 죽어갔다
그들 모두 물 속에 던져졌는데
아, 그 작은 주둥이들의 찍찍거리는 소리라니!

## SCHÖNE JUGEND

Der Mund eines Mädchens, das lange im Schilf gelegen hatte,

Sah so angeknabbert aus.

Als man die Brust aufbrach, war die Speiseröhre so löcherig

Schließlich in einer Laube unter dem Zwerchfell

fand man ein Nest von jungen Ratten.

Ein kleines Schwesterchen lag tot.

Die anderen lebten von Leber und Niere.

Tranken das kalte Blut und hatten

hier eine schöne Jugend verlebt.

Und schön und schnell kam auch ihr Tod:

Man warf sie allesamt ins Wasser.

Ach, wie die kleinen Schnauzen quietschten!

## 코카인

나를 몰락시키는 것, 달콤한 것, 간절히 바라던 것
그것을 너는 내게 준다. 벌써 목구멍이 메어온다.
벌써 저 아래쪽에서는 낯선 소리가
내 자아의 말 못할 모습에 부딪친다.

어머니의 자궁에서 튀어나와 여기저기
작용하면서 강한 힘을 내는 칼에
이제 그 소리가 부딪치지는 않는다.
거의 그 모습이 희미한 형식의 언덕들이 쉬고 있는
벌판에 가라앉네!

그저 밋밋한 것, 작은 어떤 것, 평평한 것——
이제 올라와 바람의 입김이 되는데
원형, 둥글게 된, 무(無)——아주 희미하게
지나가는 뇌경련의 그 떨림

파열된 자아——오 흠뻑 마신 종기
흩날려간 열——달콤하게 무너진 둑——
흘러가라, 오 너 흘러가라——낳아주라
해체된 형식을, 피묻은 불룩한 배로서.

## KOKAIN

Den Ich-Zerfall, den süßen, tiefersehnten,
den gibst du mir: schon ist die Kehle rauh.
schon ist der fremde Klang an unerwähnten
Gebilden meines Ichs am Unterbau.

Nicht mehr am Schwerte, das der Mutter Scheide
entsprang, um da und dort ein Werk zu tun,
und stählern schlägt —: gesunken in die Heide,
wo Hügel kaum enthüllter Formen ruhn!

Ein laues Glatt, ein kleines Etwas, Eben —
und nun entsteigt für Hauche eines Wehns
das Ur, geballt, Nicht — seine beben
Hirnschauer mürbesten Vorübergehns.

Zersprengtes Ich — O aufgetrunkene Schwäre —
verwehte Fieber — süß zerborstene Wehr —:
verströme, o verströme du — gebäre
blutbäuchig das Entformte her.

## 순환

이름 모르게 죽어간
한 창녀의 외로운 어금니는
금니였다.
나머지 이빨들은 조용히 약속한 듯
모두 빠져 있었고
금니는 시체 치는 사람이 뽑아서
저당잡히고 춤추러 갔다.
왜냐하면, 그의 말인데,
흙만 흙으로 돌아가야 한다는 것.

## KREISLAUF

Der einsame Backzahn einer Dirne,
die unbekannt verstorben war,
trug eine Goldplombe.
Die übrigen waren wie auf stille Verabredung
ausgegangen.
Den schlug der Leichendiener sich heraus,
versetzte ihn und ging für tanzen.
Denn, sagte er,
nur Erde solle zur Erde werden.

# 흑인 신부

검은 피 묻은 베개 위에
금발의 백인 아내의 목이 누워 있다.
태양은 그녀의 머리칼 속에서 광란하면서
그녀의 희뿌연 넓적다리에 길게 핥고 있고,
음탕한 일도 했고, 출산도 했지만 아직 그 모습이
흉하진 않다.
한 흑인 남자가 그녀 곁에 있다. 말굽으로 때려
그녀의 두 눈과 이마가 찢겼다. 그는
더러운 왼쪽 발의 발가락 두 개를
그녀의 작고 흰 귓속으로 쑤셔넣었다.
하지만 그녀는 신부처럼 누워서 잠잤다.
첫 사랑 행복의 가장자리에서,
그리고 젊은, 따뜻한 피가 도는
천국순례를 번번히 떠나기 전처럼.
마침내 그녀의 흰 목에
칼이 꽂히고
그녀의 엉덩이에 죽은 피로 범벅이 된
자주빛 팬티가 던져졌다.

## NEGERBRAUT

Dann lag auf Kissen dunklen Bluts gebettet
der blonde Nacken einer weißen Frau.
Die Sonne wütete in ihrem Haar
und leckte ihr die hellen Schenkel lang
und kniete um die bräunlicheren Brüste,
noch unentstellt durch Laster und Geburt.
Ein Nigger neben ihr: durch Pferdehufschlag
Augen und Stirn zerfetzt. Der bohrte
zwei Zehen seines schmutzigen linken Fußes
ins Innere ihres kleinen weißen Ohrs.
Sie aber lag und schlief wie eine Braut:
am Saume ihres Glücks der ersten Liebe
und wie vorm Aufbruch vieler Himmelfahrten
des jungen warmen Blutes.
Bis man ihr
das Messer in die weiße Kehle senkte
und einen Purpurschurz aus totem Blut
ihr um die Hüften warf.

# 해설/태고 · 변방에의 동경
## ——잃어버린 현실을 찾아서

김주연

■ 믿음을 갖지 않은 시, 희망을 갖지 않은 시, 아무에게도 향하고 있지 않은 시, 당신을 환상적으로 조립시켜 주는 언어로부터 튀어나오는 시, 절대적인 시, 이러한 시들로부터 비로소 분열된 시간을 집중시키는 시가 나온다.

■ 절대적인 시는 현대 물리학의 공식에서 오랫동안 그래왔듯이 시간을 조작하지 않는 상황에 있으며 결코 연대를 필요로 하지 않는다.

■ 우리의 질서는 표현, 각인, 문체를 법칙으로 한 정신이다. 다른 모든 것은 절멸한다.

■ 일반적인 몰락의 내부에서 자기 스스로를 내용으로 체험하고 이 체험으로부터 새로운 문체를 형성하려는 예술적 시도, 가치의 일반적인 니힐리즘에 맞서 하나의 새로운 초월성, 창조적인 즐거움의 시도——

시를 안이하게 읽으려는 독자들에게는 벤의 이러한 선언이 아마 충격적인 것으로 들릴지도 모른다. 그러나 고트프리트 벤이야말로 현실의 소박한 인과 관련성이 그 어느 때보다도 혹은 뒤엉클어지고, 혹은 제멋대로 잘라져 나간 20세기를 가장 정직하게 반영하려고 노력하였던 시인으로서 시간의 흐름과 더불어 그의 이름을 점점 더 빛나게 한다. 그저 무뚝뚝해 보이는 한 사람의 피부·비뇨기과 전문의로서의 노련함을 누르고 넓은 이마와 함께 눈에서 솟아오르는 번쩍이는 빛처럼——. 그의 시가 어렵다고 무심히 말해 온 많은 사람들 앞에 어느덧 벤은 20세기 현대시의 대명사가 된 것이다. 그것은 벤 개인의 개선이라기보다 의탁 대신에 자기를 주장한, 통속 대신에 초월을 외친, 그리고 내용이라는 밑 없는 독에 들어가는 물 대신에 〈새로운 문체의 수립〉이라는 예쁜 항아리를 마련한 새 시대정신의 개가라고 평가하는 것이 옳을 것이다.

고트프리트 벤의 이해는 20세기의 시대정신 이해와 직결된다. 이미 널리 알려져 있는 그것을 다시 한 번 요약하는 것이 허용된다면 대체로 다음과 같이 정리될 수 있을 것이다. 즉 20세기 이전까지의 현실은 합리주의, 실증주의, 역사주의라는 말로서 불리어질 수 있는 그 어떤 것이었다. 현실은 그것이 합리적인 이성으로 해명되어질 수 있을 때 비로소 현실이었으며, 실증적으로 분석될 수 있을 때 그 가치가 평가될 수 있었다. 또한 그것은 역사의 종시적인 연결에 충실하게 복종하도록 되어 있었으며 이 모든 것은 짜임새 있는 운행을 자랑하였던 것이다. 그러나 프리드리히 니체의 〈신은 죽었다〉는 선언과 함께 그 윤곽이 확연해진 20세기라는 이름의 현대는 이와 같은 재래의 질서를 송두리째 붕괴시키기에 족한 것이었다. 신의 투척으로서의 인간관을 굳건히 지니고 있었던 서구인들에게 그것은 곧 세계의 몰락, 현실의 상실을 뜻하는 것이 되었다는 사실을 우리는 이미 잘 알고 있다. 유클리드 기하학 대신에 상대성 원리, 사실주의 대신에 표현주의의 등장은 그것이 다만 과학이나 예술상의 사조 변화가 아닌, 그 이상의 세계 변화를 뜻한다.

> 코페르니쿠스 이래 인간은 중심으로부터 X로 돌고 있다.
>
> ——니체, 『권력에의 의지』에서

그리고 이제 니체의 가설이 어떻게 수축되어 가는가, 그 과정을 주시하라! 오늘날 전체는 전체의 주위를 돌며 전체가 전체의 주위를 돌 때 자기 스스로 이외에는 아무 곳으로도 돌지 않는다.

—벤, 『프톨레마이어』에서

벤은 니체의 사상 경향을 그 기저에서부터 충실히 동조한다. 그것은 그가 일단 허무주의를 받아들이고 있다는 사실의 입증이 된다. 앞서 인용된 벤 스스로의 현대 진단, 20세기 시의 진단은 이러한 사정을 정확하게 전달한다. 「서정시의 제문제」라는 유명한 강연에서 천명된 그의 이러한 견해는 우리로 하여금 우선 시를 정감적으로 쓰게 하고, 또 그것만이 시라고 생각하게 하는 타성적인 수용 태도를 반성케 한다. 이러한 점으로 미루어 볼 때 그는 니힐에 탐닉했던 시인이 아니라, 그것을 극복하고 일어서려고 했던 시인이다. 〈가치의 일반적인 니힐리즘에 맞서 하나의 새로운 초월성, 창조적인 즐거움의 시도〉라는 표현은 그 강렬한 의지를 말해 준다. 실제로 그는 〈아르티스티크 Artistik〉라는 새로운 용어를 쓰고 있는데 이 말이야말로 세기적인 니힐에 대항해서 미학을 지키려고 혼신의 힘을 쏟았던 그의 뜨거운 열망을 말하는 것이다. 벤은 군의관 시절의 회상을 통해 그가 체험하고 있던 당시의 분위기를 다음과 같이 적은 일이 있다.

〈어느 봄, 석 달 동안 아이저 강으로부터는 매일처럼 포화가 날아왔다. 마음은 싱숭생숭 삶은 침묵과 상실의 분위기 속에서 떠돌았으며 나는 현존재가 몰락하고 자아가 시작하는 끄트머리에 붙어 살았다.〉

벤은 말하자면 가치의 몰락으로 대변되는 일반적인 니힐과 더불어 1차 세계대전의 폭발 속에 삶의 근거가 뿌리뽑힌 소외를 함께 체험하고 있었던 것이다. 벤과 각별한 친교를 맺고 서신을 주고받았던 디터 벨러스호프 Dieter Wellershoff는 그의 상황을 또 다음과 같이 일러주고 있다.

〈벤은 뷜터 강 부근 병영에 군의관으로 복무하였다. 몇 안 되는 친구와 친지만이 그를 기억하고 있었다. 아무 희망도 없이 우울할 뿐이었다. 어떠한 반응도, 확신도, 모순도 없이 독자적으로 격리된

생존이었다. 외로울 뿐, 아무 희망 없이 파멸만이 이루어졌는데 이런 것들은 오히려 벤을 집중시켰고, 그에게 사회적인 인정이나 명성보다 중요한 것으로 작용하였다. 대중이 있는 사람은 부차적인 여러 가지를 쓸 수 있지만 아무것도 가진 것 없이, 그럴 희망도 없는 사람은 무엇을 바라고 무엇을 쓰겠는가?〉

그러나 벤에게는 더없이 귀중했던 시기가 바로 이때였다. 그는 뒤에 〈일 년 반 동안의 이 기간은 내게 가장 행복했던 때〉라고 역설적으로 말한다.

벤의 시에는 현재 별로 쓰여지지 않는 고어, 혹은 사어, 그리고 인류학적 고생물학적, 고대 사회의 갖가지 어휘들이 번잡하게 드나든다. 그의 시를 일견 난해한 듯하게 하고 있는 이와 같은 현상은 우선 그의 원향(原鄕) 콤플렉스를 잘 보여준다. 그러나 그것을 단지 그 개인의 취향으로 넘겨버리기에는 중요한 본질 문제가 제기된다.

「서정시의 제문제」에서 벤은 참된 현대시를 규정짓기 위해 거꾸로 현대시가 될 수 없는 네 가지 특징을 열거한 바 있다. 여기서 그는 첫째, 꾸밈이 많은 창작의 사이비성, 둘째, 직유의 빈번한 사용, 셋째, 색채도, 넷째, 장중한 톤을 들었다. 특히 그는 직유의 사용과 빛깔에 관심을 갖고 우선 직유를 시작(詩作)의 실제에서 자주 쓰는 것은 효과 없는 헛된 일이라고 보고 있다. 직유는 서정시에서 산문적인 것, 잡문적인 것의 시초가 되며 언어의 긴장을 늦추고 창조적 변형의 약점을 드러낸다는 것이다. 따라서 벤은 직유를 즐겨 쓰는 시인을 크게 경멸했는데 그중에는 릴케도 포함된다. 직유를 피하고 시를 쓸 경우 사물의 형상에 대한 묘사 방법에 새로운 방법론적 인식이 요구되지 않을 수 없다. 벤은 그 하나로 색채 상징이라는 새로운 방법을 찾아낸다. 그의 시에 자주 나오는 청색, 하늘색 등의 표현은 바로 이것을 말하는 것이다. 청색의 이미지는 대체로 꿈을 상징한다. 이 시집에 수록된 시에서도 자주 만날 수 있는 청색의 꿈 상징에 있어서 꿈이 갖는 내포는 앞서 말한 벤의 원향 콤플렉스, 고대에의 관심과 큰 관계를 갖는다. 가령 그림 Grimm과 같은 연구가는 그것을 〈리구르 콤플렉스〉라고 부르고 있는데, 그것은 고대 로마 지배하에 있던 남부 갈리아와 북부 이탈리아 지방에 대한 콤플렉스를 뜻한다. 시간적으로 고대, 공간적으로 남쪽에 대한 동경의 반영인데 이러한 사실은 벤 사상의 중심 기조를 이룬다.

색채를 통한 꿈의 현현은 베다 알레만Beda Allemann의 표현에 의하면 생부정적(生否定的)인 기능을 갖는다. 생부정적이란 부정을 함으로써 의미를 얻는 것을 가리키는데 벤의 꿈이 바로 그렇다는 것이다. 꿈과 죽음, 지나간 과거와의 관계는 바로 생부정적인 관계이다. 꿈은 그 몽환성을 통해서 과거를 다시 존재시키는데, 이때 그 역사적 · 시간적인 의미는 완전히 탈락된다는 것이 특색이다. 「올페의 죽음」을 비롯한 대부분의 시에 나타나는 무수한 고대의 신화, 혹은 사실은 몇천 년이라는 거리가 전혀 고려되지 않은 채, 다만 현존하는 시인의 환상 내용으로서 남아 있을 뿐이다. 색채 상징을 통해서 보여진 꿈은 그 외연(外延)의 확대와 더불어 무수한 과거를 현재적 기억으로 바꾸어놓는 것이다. 역사 감각, 역사 의식은 여기서 완전히 배제되는, 말하자면 역사 부정이 태동한다. 이러한 생각을 통해서 얻어지는 것이 그의 유명한 정태시(靜態詩) 이론Statisches Gedicht이다. 가령 동명의 시 「정시(靜詩)」를 살펴볼 때 첫 연에 나오는 〈발전의 낯섦〉이라는 구절은 모든 〈발전〉을 〈낯설〉게 받아들이는 시인의 모습을 충격적으로 잘 전달하고 있다. 그것은 역사의 발전에 대한 시인의 깊은 회의를 보여주는 것으로서 주목된다. 지나간, 이미 명부(冥府)에 있는 조상들은 물론 앞으로 올 후예들조차 그 〈발전의 낯섦〉을 달랠 수 없다고 함으로써 역사 부정주의의 극이 성립된다. 이러한 사고의 틀 아래서 가능한 것은 현장에 가만히 있을 수밖에 없는 정태이다. 과거도 미래도 시간의 거리가 박탈당한 채 조용히 그 옆자리에 앉아 있는 것이다. 그러므로 벤에게 있어서 진정한 시간적 존재란 존재하지 않는다. 과거와 미래는 모두 꿈의 형태로 현재에 참가할 수 있을 뿐인데, 그 현재란 또한 실재하기 힘든 개념이기 때문이다. 역사의 부정은 역사의 진보, 인류의 진화에 대한 부정으로도 나타나서 인류의 변화는 진화에 의해서가 아닌, 기껏해야 돌연변이에 의해서나 가능한 것으로 풀이될 뿐이다.

역사 부정이 종적·시간적 개념이라면 공간적 개념으로서 벤에게는 또한 중심 부정이라는 중요한 특색이 숨어 있다. 음울한 게르만 땅, 니플하임을 떠나 저 남쪽 이탈리아의 풍광명미한 햇빛, 그 양광에 비치어 출렁이는 바다를 그리워하는 〈리구르 콤플렉스〉는 여기에서 적용된다. 벤이 얼마나 지중해안을 중심으로 한 남방을 그리워하였는지는 작품 「지중해적」을 비롯한 그의 시 모두에 거의 편재해 있는 처지이다. 지도에 잘 나오지 않는 다도해의 군소열도 이름들의 등장은 이와 관련해서 읽어야 할 것이다. 그러나 게르만이 속한 북양(北洋)을 혐오하고 벤이 그리워한 곳은 비단 물결 반짝이며 창조의 여명을 꿈꾸게 하는 남녘 바다만은 아닌 듯하다. 예컨대 「정시」에 나오는 동양적 현자의 이미지는 그것을 빌려 유럽이 처한 정신적 위기를 벗어나려고 하는 노력의 일환으로 관찰될 만하다. 중심을 부정하는 벤이 「서정시의 제 문제」에서 〈중심은 유럽〉이라고 말했을 때 그것은 유럽을 벗어나 세계의 변방 어느 곳에든지 다다르려고 하는 욕망의 발언 이외에 아무것도 아닌 것이다. 실제로 유럽은 세계의 중심으로서 오랜 구실을 해왔던 것이며, 벤 역시 그러한 인식에 추호도 의심을 가진 바 없었던 것이다.

그러나 벤은 그가 속한 유럽에 절망하고 있었다. 그것은 그가 처한 현대 문명에의 절망을 뜻하며, 이 시대에 대한 절망을 동시에 뜻한다. 그러나 시대에의 절망은 미래에의 기대조차 차단하는 절망이다. 왜냐하면 역사 부정을 통해서 미래는 이미 축출되어 있기 때문이다. 그런데 중심이란 무엇인가. 환상적 꿈의 기능에 의하면 중심이란 결국 꿈인 것이다. 꿈에 의해 시간이 배제되고 역사가 생략되는 것이 아닌가. 따라서 벤이 살고 있는 유럽이란 일종의 꿈, 허상이라고 할 수 있다. 그에게 있어 허상 아닌 실존은 차라리 남방의 어느 섬, 혹은 동양의 어느 변방인지 모른다.

벤의 중심 부정 사상은 그의 직업이 피부과 전문의라는 사실과도 결코 무관해 보이지 않는다. 관념으로서보다 육체로서 더욱 쉽게 그 실체가 인식되게 마련인 의사, 특히 피부과 의사로서 벤은 모든 사람에게 공통으로 편재한 중심 대신에 차라리 피부, 즉 인간을 구성하고 있는 해부학적 조직으로 볼 때에는 변방에 지나지 않는 피부에 주목했을 것이라는 점이다. 이것은 다만 있을 수 있는 추리를 넘어서서 다음에 이야기하게 되는 그의 〈표면 의지〉 사상과도 결부된다.

일반적으로 벤은 내용보다 형식의 우위를 찾은 시인으로 해석된다. 내용이란 현실의 상실과 함께 상실당한 것이니까 그 대신 형식이 중요시되어야 한다는 생각은 작품 「형식」에 잘 나타나 있다. 형식이 갖는 가장 결정적인 특징인 외관에 착안한 벤은 아마도 그의 직업의식의 소산이겠으나 내용, 즉 핵은 모든 사물 공유의 부분으로 사상(捨象)해 버리고 사물을 결정하는 것은 결국 표면이라는 인식에 이른다. 소설론으로서 유명한 그의 「표현형적 소설*Roman des Phänotyp*」론에서 벤은 하나의 작품을 오렌지에 비유, 표면이란 단지 피상인 것이 아니라 줄기를 통해 씨에 닿아 있는 것으로서 핵과 표면과의 관계를 부채꼴형 오렌지라고 말하고 있다. 표현형이란 말은 인자형이라는 말과 함께 유전학에 나오는 개념으로서 유전형질에 관계하는 학문적 약속인데 이에 의하면 형질을 잠복해서 결정하는 것이 인자형, 이때 그 겉모습이 표현형이다. 그러므로 표현형적 작품이란 인과가 제거된 행동과 심리의 단면을 잡아 그 장면의 현장성을 확대, 거기서 나오는 연상 작용을 추구한다는 미학이다. 극도의 표면 의지가 거기서 드러난다. 알레만의 표현에 따르면 그것은 울혈(鬱血) 혹은 발기이다. 아무튼 벤은 밖으로 뛰어나가려는 세찬 충동력에 의해 시적 상상력의 힘을 얻는 것이 분명하다. 이것이 시에서 보다 직접적으로 밝혀진 예는 또한 작품 「정시」에서 볼 수 있다. 이 작품의 끝대목을 읽어보라. 〈덩굴이 뻗어오른다〉는 구절이 나오는데, 그것은 곧 표면 의지를 가리키는 것 이외에 다른 아무것도 아니다. 이 시에서는 아예 〈덩굴 법칙〉이라는 말까지 나와 그 미학화에의 집념을 보여준다.

이제 우리는 벤의 사상을 보다 조리있게 정리할 시간이 되었다. 역사 부정, 중심 부정, 표면 의지로 이어지는 벤의 시학은 도대체 어떤 이름으로 요약될 수 있을 것인가. 논리의 순서상 표면 의지가 중심 부정의 생각과 직접 이어진다는 것부터 살펴보자. 모든 핵을 부정하고 난 다음에 남는 것은 겉껍질——. 그런데 벤은 꿈을 일컬어 〈뇌피(腦皮)로부터 나오는 현실〉이라고 말한 바 있다. 현실이 상실되었다고 본 벤으로서는 처음으로 사용하는 현실 수락이다. 그러나 그것은 뇌피로부터 나오는 현실이다. 뇌피는 뇌의 껍질, 벤에 있어 그것은 본질이다. 따라서 벤에게 있어서 참된 현실은 꿈, 뇌피를 통한 꿈이다. 상실당한 현실의 자리에 꿈이 대체된 것이다. 그 꿈은 다만 허망한 꿈이 아니라 그 속에 태고의 설화와 고대 신화가 녹아 있는 꿈이다.

여기서 이른바 정태시가 발생한다. 중심 부정에서 오는 유럽에의 절망, 현대 문명에의 절망, 시대에의 절망, 역사 부정에서 오는 미래에의 기대 소멸은 벤으로 하여금 오지도 가지도 못하게 한다. 그 꼼짝달싹할 수 없는 지점에서 솟아나는 힘이 바로 정력학이다. 「정시」에 나타난 바와 같이 방향 설정, 행동, 여행 따위는 무의미한 것으로서 평가된다. 동력학, 즉 다이내믹스의 부인이다. 이 작품에 나오는 계곡의 이미지는 정력학에 상응하는 것으로서, 이 지점에서부터 소위 전망성, 혹은 전망주의라는 것이 생겨난다. 정력학이란 원래 역학의 개념으로서 물체에 작용하는 힘의 평형을 말하는데, 평형이란 물체가 뛰어올랐을 때와 가라앉았을 때의 순간적 포착이다. 전망이란 그 순간의 포착이다.

벤의 정태시는 요컨대 과거와 미래가 막힌 공간에서 남방과 동양을 그리워하는 막연한 상황의 산물이다. 우리는 거기서 20세기 초 서양 시인의 쓸쓸한 프로필을 읽을 수 있다. 전망, 즉 조망만 하고 앉아 있는 절망한 서양의 시인. 그러나 조망을 하기로서니 무엇을 바라볼 것인가? 그 결과는 어두운 밤으로의 침몰이다. 침묵으로의 영원한 귀로이다. 그것은 죽음과의 부단한 해후를 뜻한다. 죽음은 무서운 것. 그러나 명부를 사랑하고 그곳에서밖에 귀소감을 느낄 수 없는 시인에게 있어 그것은 차라리 유일한 편안이다. 죽음이란 과거, 그러나 과거라 한들 벤에게는 멀고 아득한 지옥이라기보다 현재와 병존하는 다정한 동반자가 아니겠는가. 벤 연구가 부덴브로크의 지적대로 이 시인은 그곳에서 잃어버린 현실을 발견하기 때문이다.

벤은 난해해 보이지만 결코 난해하지 않은 시인이다. 그렇기는 커녕 아득한 땅, 아득한 때를 그리워하는 그의 눈길은 언제나 축축하게 젖어 있다. 상실당한 현실을 정직하게 시인하고 현실의 새로운 내용을 찾아 그가 지닌 지식, 그가 느끼는 감수성의 바닥까지 내려가서 끈질긴 잠행 끝에 「정시」라는 이름을 거두어올린다. 그것은 우리 시대의 서정을 새롭게 창조한다.

끝으로 역자는 틀림없이 있을 오역을 민망해하며 벤 시학을 감히 다음과 같이 도식화하고자 한다.

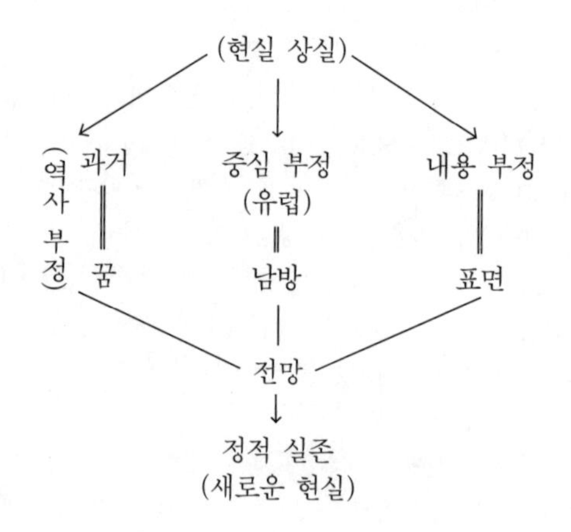

## 연보

| | |
|---|---|
| 1886년 | 5월 2일 구스타프 벤 목사와 카롤리느 부인 사이에서 만스펠트에 있는 예쿠베어라는 소읍에서 출생. 노이마르크 지방의 셀린이라는 곳에서 자람. |
| 1896-1903년 | 프랑크푸르트 암 오데르에 있는 프리드리히 중학교에 다님. |
| 1903-1904년 | 말부르크 대학에서 신학과 언어학 전공. |
| 1904년 | 베를린 대학으로 옮김. |
| 1905년 | 베를린 대학에서 의학으로 전공을 바꿈. |
| 1905-1910년 | 10학기 공부 끝에 의과를 마침. 베를린에 있는 카이저 빌헬름 군의학교에서 교육받음. 베를린 대학 졸업시에는 의과에서 수석을 차지함. |
| 1911-1912년 | 프렌츠라우에 있는 보병 64연대에서 군의관으로 복무했으나 건강 때문에 제대. |
| 1912년 | 베를린 대학에서 의학박사 학위 받음. 의사면허 취득. 서부 샤로텐부르크 병원에서 병리학 및 피부과 개업. 첫번째 시집 『시체공시장 · 기타』 출간. 엘제 라스카 쉴러와 교류하면서 젊은 표현주의 시인들과 알게 됨. |
| 1913년 | 두번째 시집 『아들들, 신시집』 출간. 소피-샤로테가(街)에 있는 시립병원의 병리과장이 됨. |
| 1914년 | 3월부터 6월까지 선의(船醫)로서 미국 여행을 함. 1차 세계대전 발발중 뮌헨 출신의 과부 에디트 오스터로와 결혼. 군의관으로 일선 종군. 벨지움에서 벌어진 전투에 참가. |
| 1915년 | 드레스덴 헬러라우에서 딸 넬레 출생. |
| 1916년 | 산문집 『두뇌』 발표. |

| | |
|---|---|
| 1917년 | 시 전집이 『살〔肉〕』이라는 제목으로 간행됨. 피부·비뇨기과 전문의로서 베를린의 벨레 알리앙스가(街) 12번지에 정착. 이곳에서 35년간 개업활동. 소설집 『디스터 길』, 희곡 「측량 감독관」 등 발표. |
| 1922년 | 작품 전집이 베를린의 에리히 라이스 출판사에서 간행됨. 부인 에디트 사망. |
| 1931년 | 희곡 「불멸」 초연(음악 파울 힌데미트). |
| 1932년 | 프러시아 예술 아카데미, 문학 분과위원으로 들어감. |
| 1933-1934년 | 국가사회주의 이념에 경도됨(『새로운 국가와 지성인』, 『예술과 권력』 등의 글을 발표). |
| 1935년 | 베를린을 떠남. 하노버에 있는 군 보충병원의 간부 의사로 활동. 독일출판 협회가 그의 시선집을 발간. 나치 시대에 나온 시집으로서는 이것이 마지막임. 그에 대한 문단의 공격이 가열. |
| 1937년 | 다시 베를린으로 돌아감. |
| 1938년 | 하노버 출신의 헤르타 폰 베데마이어와 재혼. 전국 예술원서 추방됨. 집필금지령을 받음. |
| 1943-1945년 | 봘터 강변의 란데스베르크에 다시 군의관으로 끌려나감. |
| 1945년 | 베를린 귀환. 의사 재개업. 두번째 부인 헤르타 사망. |
| 1946년 | 일제 카울 박사와 세번째 결혼. |
| 1948년 | 「정시」 포함, 방대한 후기 시 간행됨. |
| 1951년 | 다름슈타트에 있는 독일 문화원이 수여하는 〈뷰히너상〉 수상. |
| 1956년 | 7월 7일 베를린에서 사망. |

역자/김주연

서울대 문리대 및 동대학원 수료(문학박사)

미국 캘리포니아 대학원 및 독일 프라이부르그 대학에서 독문학수업

현재 숙명여대 독문과 교수·《문학과지성》 편집 동인

저서 『상황과 인간』『문학비평론』『문학을 넘어서』『사랑과 권력』
『독일시인론』『독일문학의 본질』 등

역서 『아홉시 반의 당구』(하인리히 뵐)
『한밤중의 한 시간』(헤르만 헤세)
『검은 고양이』(R.M. 릴케 시선)

세계시인선 27

# 올페의 죽음


1판 1쇄 펴냄 1974년 4월 30일
1판 5쇄 펴냄 1991년 1월 31일
개정판 1쇄 펴냄 1995년 6월 30일
개정판 2쇄 펴냄 2005년 4월 1일

지은이 고트프리트 벤
옮긴이 김주연
펴낸이 박맹호, 박근섭
펴낸곳 (주)민음사

출판등록 1966.5.19. 제 16-490호
서울 강남구 신사동 506 강남출판문화센터 5층 (135-887)
대표전화 515-2000 / 팩시밀리 515-2007
www.minumsa.com





값 6,000원

ISBN 89-374-1827-4 04850
ISBN 89-374-1800-2 (세트)